쓰면서 이기는 전략 필사

손자병법 100

일러두기

1. 한자 독음은 우리말 한자음을 따랐다.
2. 번역은 대중들이 좀 더 쉽게 이해하도록 직역와 의역을 혼용했다.

이기는 습관을 만들어주는 승리의 문장들

쓰면서 이기는 전략 필사

손자병법 100

손무 지음 | 진성수 감수

서울문화사

우리는 전쟁戰爭의 시대에 살고 있습니다. 방송에서는 하루도 거르지 않고 세계 곳곳의 전쟁 뉴스를 전해줍니다. 우리가 원하든 원하지 않든 아무런 상관이 없습니다. 그런데 간혹 전쟁의 시대에 살고 있음을 실감하지 못할 때가 있습니다. 그래서 반복되는 일상에 무료함을 느끼기도 합니다. 그러나 다시 생각해보면, 매일같이 크고 작은 전투戰鬪를 치르며 살고 있음을 깨닫게 됩니다.

10대 청소년들은 학교 성적과 진학, 20~30대 청년들은 취업과 소득 불안, 30~40대 워킹맘들은 경력 단절과 육아, 40~50대 직장인들은 업무 성과와 승진, 65세 이상의 노인들은 건강과 노후 준비로 인해 끝없는 전쟁을 치르고 있습니다. 재래식 무기가 아닌 각종 수치數値와 통계統計로 전투가 진행될 뿐 긴장과 불안은 여느 전쟁 못지않습니다. 그 결과 한국은 OECD 회원국 중 자살률이 최상위권을 유지하고 있습니다. 정말 안타깝고 슬픈 일입니다.

대체 어디서부터 잘못된 것일까요? 전문가들은 현 상황을 현대인이 길을 잃은 것으로 비유하곤 합니다. 4차 산업혁명 시대의 급격한 기술 발전과 정보의 홍수 속에서 어디로 가야 할지, 무엇이 중요한지를 판단하기 어렵기 때문입니다. 이로 인해 현대인들은 속도에 쫓기며 정작 '왜 살아야 하는지' 혹은 '어떻게 살

것인지’에 대한 목적의식을 잃어버린 채 생활하고 있다고 말합니다.

구조救助 전문가들은 낯선 곳에서 길을 잃었을 때, 새로운 길을 개척하기 보다는 왔던 길을 되돌아가는 것이 최선이라고 조언합니다. 알고 있는 마지막 지점인 원점原點으로 돌아가라는 뜻입니다. 그 이유는 3가지입니다. 첫째, 내가 아는 길이기 때문에 위험 요소를 쉽게 발견하고 피할 수 있기 때문입니다. 둘째, 낯선 길로 계속 가다 보면 더 큰 위기에 직면할 수 있기 때문입니다. 셋째, 최대한 체력을 아끼고 시간을 절약하며 방향 감각을 회복할 수 있기 때문입니다.

인생이든 사업이든 중요한 것은 ‘속도速度가 아니라 방향方向’입니다. 두렵고 혼란한 상황에서 올바른 길을 찾기 위해서는 나침반羅針盤이 필요합니다. 여기 현대인들에게 나침반이 되어줄 한 권의 책이 있습니다. 본래는 전쟁에서 승리하고 생존하는 비결을 담은 책이었지만 오늘날에도 충분히 도움이 될 거라 생각합니다. 인류의 역사를 통해 볼 때, 싸움의 형태와 방법은 많이 바뀌었지만 승리하고 생존하는 비결은 크게 변하지 않았기 때문입니다.

싸우지 않고 이기는 비결, 이겨놓고 싸우는 비결, 상대를 알고 나를 아는 비결까지 경쟁이 필수인 현대인들에게《손자병법》은 위기의 상황에서 나와 공동체를 지키는 비결이 담겨 있습니다. 그 핵심적인 비결 100개를 뽑은《쓰면서 이기는 전략 필사_손자병법 100》은 오늘날 고전의 지혜를 직접 쓰면서 체화할 수 있는 짜릿한 여정이 될 것입니다.

진성수 교수

당신의 손끝으로
고전의 전략을 완성하라

세상은 소리 없는 전쟁터다. 매일 아침 우리는 비즈니스의 격전지로, 관계의 전장으로, 그리고 자신과의 싸움터로 나선다. 승리와 패배가 엇갈리는 혼란 속에서 우리는 묻게 된다.

"어떻게 살아야 흔들리지 않고 승리할 수 있을까?"

그 해답은 뜻밖에도 2,500년 전, 거친 전장을 누볐던 한 전략가의 문장 속에 잠들어 있다. 《손자병법》은 단순한 전쟁 기술서가 아니다. 그것은 '나를 알고 상대를 아는' 지독한 자기 성찰이며, '싸우지 않고 이기는' 고도의 처세술이자, '변화에 능동적으로 대처하는' 유연한 삶의 태도다.

눈으로만 읽는 고전은 지식에 그치지만, 손으로 직접 옮겨 적는 고전은 지혜가 되어 몸에 새겨진다. 한 글자 한 글자 필사하는 과정은 거친 숨을 고르고, 복잡한 생각을 정리하며, 손무孫武라는 위대한 스승과 시공간을 초월해 대화하는 시간이 될 것이다.

이 책은 《손자병법》 13편의 방대한 원전 중 현대인에게 가장 절실한 100개의 명언을 엄선했다. 하루에 한 문장씩, 읽고 쓰고 새기는 여정을 시작해 보자. 100번째 문장을 채우는 순간, 당신은 더 이상 거친 세상에 흔들리는 약자가 아닐 것이다. 당신의 손끝에서 탄생한 이 필사 노트는, 당신의 삶을 지켜줄 가장 단단한 방패이자 가장 예리한 검이 될 것이다.

❶ 하루 한 문장, 승리를 새기는 습관

매일 한 명언씩 차례로 펼쳐보자. 우리말 번역을 먼저 읽고, 뜻을 음미한 뒤, 한자 원문을 소리 내어 읽으며 리듬을 느껴보자. 서두르지 않아도 된다. 하루 5분, 한 문장을 깊이 읽는 것만으로도 생각의 결이 달라진다.

❷ 원문을 손으로 직접 쓰며 체화하기

각 페이지에 마련된 필사 공간에 한자 원문을 또박또박 써보자. 한자를 따라 쓰다 보면 낯설기만 했던 글자들이 어느새 익숙해진다. 한자를 따라 쓰는 행위는 단순한 받아쓰기가 아니라, 2,500년 지혜를 손끝으로 전달받는 시간이다.

❸ 한자 뜻풀이로 깊이 읽기

각 명언 하단의 주요 한자 뜻풀이를 확인하자. 단어 하나의 뜻이 명확해지면 문장 전체가 새롭게 보인다. 뜻을 알고 나면 그 문장은 비로소 내 언어가 된다.

❹ '전략적 사고'를 현대 삶에 연결하기

각 명언 아래 '전략적 사고' 해설을 읽으며 오늘 나의 일, 관계, 결정에 어떻게 적용할 수 있는지 생각해 보자. 비즈니스의 경쟁 전략, 팀을 이끄는 리더십, 감정을 다스리는 지혜까지 손무의 언어는 언제나 현재형이다.

❺《손자병법》13개 편을 흐름으로 이해하기

제1편 계부터 마지막 제13편 용간까지 각 장은 독립적이면서도 하나의 거대한 전략 체계를 이룬다. 순서대로 읽으면 '준비 – 실행 – 변화 – 정보'로 이어지는 손무의 전략 사고 구조를 온전히 경험할 수 있다.

차례

계計

승리하는 판을 짜라

001

전쟁은 국가의 중대한 일이다.

兵者，國之大事.
병 자 　 국 지 대 사

전략적 사고

리더의 결정이 공동체의 운명을 좌우함을 경고하며,
모든 일에 신중한 태도로 임할 것을 강조한다.

✎ 한자를 따라 써보세요!

兵者，國之大事.

兵 군사, 전쟁 | 者 ~라는 것(사물이나 개념을 가리키는 말) | 之 ~의(앞뒤를 이어주는 말)

'도'란, 백성이 지도자와 같은 뜻을 갖게 하는 것이다.

道者，令民與上同意.

도 자　영 민 여 상 동 의

전략적 사고

조직이 한마음으로 뭉칠 때,
어떤 위기 앞에서도 흔들리지 않는 강력한 응집력이 생긴다.

道者，令民與上同意.

令 ~하게 하다, 명령하다 ㅣ 與 ~와 함께, 더불어 ㅣ 上 지도자, 리더, 윗사람

'천'이란, 음양과 한서, 그리고 시제를 말한다.

天者, 陰陽·寒暑·時制也.
천자 음양 한서 시제야

전략적 사고

조직 내부의 결속(道)뿐만 아니라, 내가 바꿀 수 없는 외부 환경(시장 트렌드, 경기 변동, 규제 변화)을 냉철하게 이용해야 한다.

天者, 陰陽·寒暑·時制也.

陰陽 낮과 밤(순환의 흐름) | 寒暑 추위와 더위(기후적 조건) | 時制 계절의 변화(시간의 흐름)

004

'지'란, 멀고 가까움, 험하고 평탄함, 넓고 좁음, 그리고 생사와 관계된 것이다.

地者, 遠近·險易·廣狹·
지 자　　원 근　험 이　광 협
死生也.
사 생 야

전략적 사고

대기업과 맞붙을지, 틈새시장을 공략할지는 조직의 체급에 따라 결정된다. 내가 싸우기에 가장 유리한 공간을 선택하는 전략이다.

地者，遠近·險易·廣狹·
死生也.

遠近 멀고 가까움(거리 조건) ǀ 險易 험함과 평탄함(지형 난이도) ǀ 廣狹 넓고 좁음(공간 규모)

'리더'란, 지혜, 신의, 어짊, 용기, 위엄을 갖춰야 한다.

將者, 智·信·仁·勇·嚴也.
장 자 지 신 인 용 엄 야

전략적 사고

기술보다 중요한 것은 리더의 인격과 자질임을 역설하며,
균형 잡힌 역량의 중요성을 말한다.

將者，智·信·仁·勇·嚴也.

仁 어짐 ┃ 勇 용기 ┃ 嚴 엄격함, 위엄

'법'이란, 군의 편제, 관직의 체계, 물자의 관리를 말한다.

法者，曲制·官道·主用也.

법 자　　곡 제　　관 도　　주 용 야

전략적 사고

조직이 효과적으로 기능하려면
명확한 구조, 역할 분담, 자원 관리 체계가 반드시 필요하다.

法者, 曲制·官道·主用也.

曲制 군의 편제(조직 구성) | 官道 관직의 체계(지휘 계통) | 主用 물자의 관리(재정, 보급 운영)

007

이치를 알고 싸우면 반드시 승리하고 알지 못하고 싸우면 승리하지 못한다.

知之者勝，不知者不勝.

지 지 자 승 부 지 자 불 승

전략적 사고

공부하지 않는 기업, 과거의 성공 경험에만 머물러 있는 조직은
결코 성공의 궤도에 오를 수 없다.

知之者勝，不知者不勝．

知 알다, 이해하다 | 勝 이기다, 승리하다 | 者 ~하는 사람/자

전쟁의 본질은
적군을 속이는 것이다.

兵者, 詭道也.

병 자 궤 도 야

전략적 사고

경쟁 상황에서는 나의 의도를 숨기고
상대를 혼란에 빠뜨리는 유연함이 생존 전략이다.

兵者，詭道也．

詭 속이다, 거짓되게 꾸미다 | 道 길, 방법, 수단 | 也 ~이다

능력이 있어도
없는 것처럼 보여라.

能而示之不能.

능 이 시 지 불 능

전략적 사고

실력을 과시하지 않고 숨김으로써
상대의 경계심을 늦추고 기습의 기회를 잡는 전략이다.

能而示之不能.

能 능력, 할 수 있음 ㅣ 示 보이다, 드러내다 ㅣ 之 그것(앞에 나온 대상)

010

싸울 의도가 있어도
없는 것처럼 보여라.

用而示之不用.

용 이 시 지 불 용

전략적 사고

나의 다음 수를 상대가 읽지 못하게 하여,
행동의 주도권을 끝까지 유지하는 지혜다.

用而示之不用.

用 쓰다, 사용하다, 움직이다 ｜ 之 그것, 그에게 ｜ 示 보이다, 드러내다

이익을 보여주어
적을 유인하라.

利而誘之.
이 이 유 지

전략적 사고

사람은 본능적으로 이익에 움직인다.
상대를 내가 원하는 곳으로 끌어들이는 가장 효과적인 방법이다.

利而誘之.

利 이익, 유리함, 이로움 | 誘 꾀다, 유인하다, 끌어당기다 | 之 그를, 상대를

적이 혼란에 빠졌을 때
공략하라.

亂而取之.

난 이 취 지

전략적 사고

상대의 조직 체계가 흔들릴 때가
가장 적은 힘으로 승리를 쟁취할 수 있는 결정적 기회다.

亂而取之.

亂 혼란, 질서가 없음, 어지럽다 ㅣ 取 취하다, 빼앗다, 차지하다 ㅣ 之 그것, 그들을

013

적의 전력이 충실하면
대비를 철저히 하라.

實而備之.
실 이 비 지

전략적 사고

상대가 강할 때는 정면충돌을 피하고,
나의 수비를 굳건히 하며 때를 기다려야 한다.

實而備之.

實 충실하다, 튼튼하다 | 備 준비하다, 대비하다 | 之 그것(적, 상황)에 대해

적이 너무 강하면
일단 피하라.

强而避之.

강 이 피 지

전략적 사고

무모한 전진은 용기가 아니다.
전략적 후퇴를 통해 에너지를 보존하고 다음을 도모하라.

强而避之.

强 강하다, 세다 | 避 피하다, 멀리하다 | 之 그를, 그 상황을

적이 흥분하면
자극하여 부추겨라.

怒而撓之.

노 이 요 지

전략적 사고

냉철한 적을 이기기는 어렵지만, 분노로 이성을 잃은 적은
반드시 치명적인 빈틈을 보이게 된다.

怒而撓之.

怒 성내다, 분노하다 | 撓 어지럽히다, 꺾다, 흔들어놓다 | 之 그(적)를

016

적이 우리를 얕보면
더욱 교만하게 만들어라.

卑而驕之.

비 이 교 지

전략적 사고

스스로를 낮추어 상대가 방심하게 만드는 것이
가장 위협적인 반격의 전조가 된다.

卑而驕之.

卑 낮추다, 비천하다, 겸손한 척하다 | 驕 교만하다, 거만하게 굴다 | 之 그를, 상대를

적이 편안히 쉬면
고생하도록 만들어라.

佚而勞之.

일 이 로 지

전략적 사고

상대가 안정을 찾지 못하도록 끊임없이 변수를 만들어
에너지를 소모시키는 전략이다.

佚而勞之.

佚 편안하다, 쉬다, 안일하다 ｜ 勞 피곤하게 만들다, 수고롭게 하다 ｜ 之 그들을

사이가 좋은 적들을
이간질하라.

親而離之.
친 이 리 지

전략적 사고

내부의 결속을 무너뜨리는 이간계(離間計)는
물리적 공격보다 훨씬 강력한 파괴력을 갖는다.

親而離之.

親 가깝다, 친하다 ㅣ 離 떼어놓다, 갈라놓다, 멀어지게 하다 ㅣ 之 그들을

적이 대비하지 않은 곳을 치고,
적이 예상하지 못한 때와 방향으로 가라.

攻其無備，出其不意．

공 기 무 비　　출 기 불 의

전략적 사고

준비된 곳은 피하고, 허를 찌르는 전략이다.
정면 승부보다 상대의 빈틈과 방심을 공략하는 것이 효율적이다.

攻其無備，出其不意.

攻 공격하다, 치다 ㅣ 其 그(적의, 그들의) ㅣ 備 준비, 대비, 방비

020

실행 전 치밀하게 계산하여
승리하는 자는 승산이 많았기 때문이다.

廟算勝者，得算多也.

묘 산 승 자   득 산 다 야

전략적 사고

출전 전 조정에서 이미 승패의 시뮬레이션을 끝내야 한다.
준비 없는 실행은 실패를 예정하는 것과 같다.

廟算勝者，得算多也.

廟 종묘, 사당(옛날 전략 회의 장소) | 算 셈, 계산, 수, 꾀 | 勝 이기다, 승리하다

제2편

작전 作戰

속도로 제압하라

021

병력을 두 번 징집하지 않는다.

役不再籍.
역 부 재 적

전략적 사고

한 번의 실행으로 확실한 결과를 내는 효율성을 강조한다.
잦은 재작업은 조직을 병들게 한다.

役不再籍.

役 부역, 동원, 군역 | 再 두 번, 다시 | 籍 호적, 명부, 징집하다

장비는 본국에서 가져가되,
식량은 적에게서 얻는다.

取用於國, 因糧於敵.
취 용 어 국   인 량 어 적

전략적 사고

자신만의 독보적인 기술은 내부에서 견고히 다듬고,
외부 자원은 내 것처럼 활용해 조직 성장을 비약적으로 높인다.

取用於國，因糧於敵.

取用 취하여 사용하다 ㅣ 因 의존하다, ~에 의거하다 ㅣ 糧 양식, 먹을거리, 식량

023

지혜로운 장수는
적의 자원을 뺏어 먹는 데 힘쓴다.

智將務食於敵.

지 장 무 식 어 적

전략적 사고

상대의 자원을 취하는 것은 나의 배를 채우는 동시에
상대를 무력화하는 일석이조의 효과다.

智將務食於敵.

智將 지혜로운 장수(리더) | 務 힘쓰다, 애쓰다, 중요하게 여기다 | 敵 적, 상대

적을 쓰러뜨리는 에너지는
격분함에서 나온다.

殺敵者，怒也.

전략적 사고

구성원들에게 명확한 동기와 목적의식을 심어주어
폭발적인 실행력을 끌어내는 리더십을 뜻한다.

殺敵者，怒也.

殺 죽이다, 쓰러뜨리다 ∣ 怒 성내다, 분노, 격분 ∣ 也 ~이다

적의 이익을 취하는 힘은
보상에서 나온다.

取敵之利者，貨也.
취 적 지 리 자　　화 야

전략적 사고

성과에 대한 확실한 보상 체계가 갖춰질 때
구성원들은 기꺼이 최선을 다한다.

取敵之利者，貨也.

取 취하다, 빼앗다 ┃ 之 ~의(앞의 '적'과 '이익'을 이어줌) ┃ 利 이익, 이로움, 이점

026

적을 이김으로써
나의 힘을 더욱 보강하라.

勝敵而益强.

승 적 이 익 강

전략적 사고

승리의 결과로 얻은 자원을 다시 투자하여,
다음 경쟁에서 더 압도적인 우위를 점하는 선순환 구조다.

勝敵而益強.

勝敵 적을 이기다 | 益 더하다, 더욱 | 強 강하다, 힘이 세다

전쟁은 승리가 중요하지,
오래 끄는 것은 해롭다.

兵貴勝，不貴久.
병 귀 승 　 불 귀 구

전략적 사고

장기전은 자원을 고갈시키고 열정을 갉아먹는다.
신속한 성과를 내는 것이 경영의 핵심이다.

兵貴勝，不貴久.

兵 군사, 전쟁 ㅣ 貴 귀하게 여기다, 중요하게 삼다 ㅣ 久 오래 끌다, 장기화하다

모공 謀攻

싸우지 않고 이겨라

싸우지 않고 적을 굴복시키는 것이 최선 중의 최선이다.

不戰而屈人之兵,
불 전 이 굴 인 지 병
善之善者也.
선 지 선 자 야

전략적 사고

무력이 아닌 자신의 위상이나 실력으로 압도시켜
경쟁자가 스스로 포기하게 만드는 경지를 말한다.

不戰而屈人之兵,
善之善者也.

不戰 싸우지 않음 ㅣ 屈 굽히다, 굴복시키다 ㅣ 善之善 최선 중의 최선

029

최상의 병법은 적의 전략(의도)을 미리 꺾는 것이다.

上兵伐謀.

상 병 벌 모

전략적 사고

문제가 터지기 전, 그 원인과 기류를 파악해
미리 차단하는 선제적 대응이 가장 현명하다.

上兵伐謀.

上兵 최상의 용병술 ǀ 伐 치다, 공격하다, 꺾다 ǀ 謀 계략, 전략, 의도

그다음은 적의 관계를 끊어 고립시키는 것이다.

其次伐交.

기 차 벌 교

전략적 사고

아군을 늘리고 경쟁자의 네트워크를 차단하는
외교적 지혜가 승패를 가르는 중요한 요소다.

其次伐交.

其 그, 그것 ㅣ 伐 치다, 공격하다 ㅣ 交 외교, 사귀다, 동맹 맺다

031

그다음은
군대를 직접 치는 것이다.

其次伐兵.

기　차　벌　병

전략적 사고

직접적인 충돌은 자원의 소모가 크므로,
전략이 통하지 않을 때 선택하는 차선책이어야 한다.

其次伐兵.

次 다음 | 伐 치다, 공격하다 | 兵 군사, 군대

최하책은
성을 직접 공격하는 것이다.

其下攻城.

기 하 공 성

전략적 사고

감정이 섞인 정면 대결은 양측 모두에게 막대한 손실을 남긴다.
가급적 피해야 할 마지막 수단이다.

최하책은
성을 직접 공격하는 것이다.

其下攻城.
기 하 공 성

전략적 사고

감정이 섞인 정면 대결은 양측 모두에게 막대한 손실을 남긴다.
가급적 피해야 할 마지막 수단이다.

其下攻城.

其下 그 아래, 최하 ｜ 攻 공격하다 ｜ 城 성, 요새, 거점

033

**싸울 만한 상대인지 아닌지를
정확히 아는 자가 승리한다.**

知可以與戰不可以與戰者勝.
지 가 이 여 전 불 가 이 여 전 자 승

전략적 사고

상대를 알고 나를 알아야 승리할 수 있다.
이길 수 있는 상황에서만 싸워야 한다.

知可以與戰不可以與戰者勝.

可以 ~할 수 있다(가능의 표현) ㅣ 戰 싸우다, 전쟁하다 ㅣ 與 ~와, 또는(혹은)

자원의 규모에 따른 운용법을 아는 자가 승리한다.

識衆寡之用者勝.

식 중 과 지 용 자 승

전략적 사고

소규모 팀과 대규모 조직의 성공 방식은 달라야 한다.
내 상황에 맞는 도구를 써야 한다.

識衆寡之用者勝.

識 알다, 분별하다, 이해하다 ㅣ 衆 많음, 다수 ㅣ 寡 적음, 소수

위아래가 같은 목표를
공유하면 승리한다.

上下同欲者勝.
상 하 동 욕 자 승

전략적 사고

조직의 비전과 개인의 열망이 일치할 때,
그 조직은 어떤 장애물도 뚫고 나가는 힘을 가진다.

上下同欲者勝.

上下 상하관계 ㅣ 同欲 같은 바람(욕구, 목표) ㅣ 勝 이기다

036

철저히 준비된 자가
방심한 자를 상대하면 승리한다.

以虞待不虞者勝.

이 우 대 불 우 자 승

전략적 사고

운은 준비된 자에게만 찾아온다.
매일의 성실한 대비가 위기에서 나를 구하는 최강의 무기다.

以虞待不虞者勝.

虞 대비, 걱정하여 준비함 ｜ 待 기다리다, 맞이하다 ｜ 不虞 준비 없음, 방심

리더가 유능하고
윗사람이 간섭하지 않으면 승리한다.

將能而君不御者勝.

장 능 이 군 불 어 자 승

전략적 사고

현장의 전문가에게 전권을 맡기는 위임이
조직의 승률을 극대화하는 비결이다.

將能而君不御者勝.

將能 장수(리더)가 유능하다 ǀ 君 군주, 윗사람, 최고 책임자 ǀ 御 거느리다, 간섭하다

상대를 알고 나를 알면
백 번 싸워도 위태롭지 않다.

知彼知己，百戰不殆.
지 피 지 기　백 전 불 태

전략적 사고

정확한 자기 객관화와 상대에 대한 정밀한 데이터 수집이
모든 전략의 시작이자 끝이다.

知彼知己，百戰不殆.

知彼 적을 알다 | 知己 나를 알다 | 殆 위태롭다, 위험하다

039

상대를 모르고 나만 알면
한 번 이기고 한 번 진다.

不知彼而知己, 一勝一負.
부 지 피 이 지 기   일 승 일 부

전략적 사고

자신에 대한 확신과 열정은 넘치지만 외부 환경을 읽지 못하면
승리는 우연에 불과하다.

不知彼而知己, 一勝一負.

彼 저쪽, 상대, 적 | 勝 승리하다 | 負 패배하다

상대도 모르고 나도 모르면
싸울 때마다 반드시 패한다.

不知彼, 不知己, 每戰必敗.
부 지 피 　 부 지 기 　 매 전 필 패

전략적 사고

자신의 역량도 상대의 전략도 없는 조직이
경쟁에 뛰어드는 것은 승부가 아니라 패배에 가깝다.

不知彼，不知己，每戰必敗．

每 매번, 항상 ㅣ 戰 싸우다, 전투하다 ㅣ 敗 패하다, 지다

제4편

형 形

지지 않는 구조를 만들어라

지지 않는 것은 나에게 달렸고,
이기는 것은 적에게 달렸다.

不可勝在己, 可勝在敵.
불 가 승 재 기 가 승 재 적

전략적 사고

나의 방어와 실력은 내가 통제할 수 있지만,
승리의 기회는 상대의 빈틈에서 나오므로 인내가 필요하다.

不可勝在己，可勝在敵.

不可勝 이길 수 없음 ㅣ 在 ~에 달려 있다, ~에 있다 ㅣ 己 자기 자신

수비를 잘하는 자는
땅 밑에 숨은 듯 치밀하다.

善守者，藏於九地之下．

선 수 자　장 어 구 지 지 하

전략적 사고

내실을 다지고 보안을 유지할 때는
누구도 틈을 찾지 못할 만큼 철저해야 함을 뜻한다.

善守者，藏於九地之下.

善守 수비를 잘하다 | 藏 숨다, 감추다 | 九地 땅속 깊은 곳(철저한 방어 상태를 비유)

043

공격을 잘하는 자는
하늘 위에서 움직이듯 압도적이다.

善攻者，動於九天之上.

선 공 자　동 어 구 천 지 상

전략적 사고

실행할 때는 누구도 막을 수 없는 강력한 기세와 스케일로
상대를 압도해야 한다.

善攻者，動於九天之上．

善攻 공격을 잘하다 ｜ 動 움직이다, 행동하다 ｜ 九天 매우 높은 하늘(극한의 높은 위치를 비유)

나를 보존하면서
온전한 승리를 거둔다.

自保而全勝也.
자 보 이 전 승 야

전략적 사고

나를 파괴하거나 자원을 소진하며 얻는 승리는 의미가 없다.
지속 가능한 성공을 목표로 삼으라.

自保而全勝也.

自保 스스로를 보존하다 | 而 그리고, ~하면서 | 全勝 온전한 승리

승리에 대한 예측이 보통 사람들의 인식 수준을 못 넘어선다.

見勝不過衆人之所知.

견 승 불 과 중 인 지 소 지

전략적 사고

남들이 다 아는 정보는 기회가 아니다.
남들이 보지 못한 지점을 찾는 통찰이 진짜 실력이다.

見勝不過衆人之所知.

見勝 승산을 간파하다 | 衆人 대중, 많은 사람 | 所知 아는 바, ~하는 것

046

이기기 쉬운 적을 상대하여
승리하는 자다.

勝於易勝者也.

승 어 이 승 자 야

전략적 사고

굳이 힘든 싸움을 즐기지 마라.
지혜로 상황을 유리하게 만들어놓고 쉽게 이기는 길을 찾아라.

勝於易勝者也.

勝 이기다, 승리하다 | 於 ~에서, ~보다 | 易 쉽다, 수월하다

승리하는 군대는
이겨놓고 싸움을 시작한다.

勝兵，先勝而後求戰.

승 병　선 승 이 후 구 전

전략적 사고

우연한 승리를 바라지 말고, 실행 전 완벽한 시스템과
명분으로 확신을 가지고 뛰어들어라.

勝兵，先勝而後求戰.

先勝 먼저 이기다 | 而 그리고, ~해서 | 後求戰 그 후에 싸움을 구하다

제5편

세 勢

폭발적인 기세를 만들어라

대규모 병력을
소규모 병력 지휘하듯 한다.

治衆如治寡.
치 중 여 치 과

전략적 사고

시스템과 보고 체계가 갖춰지면 조직의 규모와 상관없이
일사불란한 통제가 가능해진다.

治衆如治寡.

治 다스리다, 통치하다, 관리하다 | 衆 많은 사람, 다수 | 寡 적은 사람, 소수

전쟁은 원칙으로 적을 상대하고 변칙으로 승리한다.

凡戰者，以正合，以奇勝.

범 전 자　　이 정 합　　이 기 승

전략적 사고

원칙(正)으로 중심을 잡되, 결정적인 순간에는
창의적인 수(奇)를 던져 상대를 무너뜨려야 한다.

凡戰者，以正合，以奇勝.

正 바름, 정면, 정공법 | 合 맞서다, 부딪치다 | 奇 기이함, 변칙, 뜻밖의 수

050

원칙과 변칙은 서로를 낳으며
끝없이 순환한다.

奇正相生，如循環之無端.
기 정 상 생　여 순 환 지 무 단

전략적 사고

한 가지 방식에 안주하지 마라.
상황에 따라 원칙과 변칙을 자유자재로 섞어 써야 한다.

奇正相生，如循環之無端.

奇 변칙, 기묘한 수 | 循環 순환, 돌고 도는 흐름 | 無端 끝이 없다

051

거센 물살이 돌을 떠내려 보내는 것이
기세다.

激水之疾，至於漂石者，
격 수 지 질　　지 어 표 석 자

勢也．
세 야

전략적 사고

평범한 자원도 흐름을 타면
불가능해 보이는 장애물을 돌파하는 거대한 에너지가 된다.

激水之疾，至於漂石者，
勢也.

激水 세차게 흐르는 물 ｜ 漂 떠내려가다, 떠밀다 ｜ 勢 기세, 세력, 모인 힘

052

기세는 당겨진 활과 같고,
결단은 방아쇠를 당기는 것과 같다.

勢如曠弩，節如發機.
세 여 확 노　　절 여 발 기

전략적 사고

에너지를 끝까지 응축시킨 뒤, 가장 적절한 타이밍에
과감하게 승부수를 던져야 한다.

勢如彍弩，節如發機．

彍弩 시위를 당긴 쇠뇌 ┃ 節 절도, 결단의 순간 ┃ 發機 방아쇠를 당기다

혼란은 질서에서,
두려움은 용기에서 나온다.

亂生於治，怯生於勇．

난 생 어 치　　겁 생 어 용

전략적 사고

모든 상태는 반대의 씨앗을 품고 있다.
완벽해 보일 때 무질서를 경계하고 강할 때 겸손하라.

亂生於治，怯生於勇．

亂 어지러움, 혼란 ㅣ 治 다스려짐, 질서, 정돈 ㅣ 怯 겁, 두려움, 위축

054

기세에서 승리를 찾지,
사람을 탓하지 않는다.

求之於勢，不責於人.
구 지 어 세 　 불 책 어 인

전략적 사고

결과가 나쁠 때 구성원을 비난하기보다,
이길 수 있는 환경(판세)을 만들었는지 리더 스스로 반성해야 한다.

求之於勢，不責於人.

求 구하다, 찾다 ｜ 勢 기세, 판세, 흐름 ｜ 責 책망하다, 탓하다

제6편

허실 虛實

주도권을 장악하라

055

나의 계획대로 상대를 끌어들이되
상대의 의도대로 끌려가지 마라.

致人而不致於人.

치 인 이 불 치 어 인

전략적 사고

능동적으로 상황을 리드하는 자가 승리를 결정한다.
남의 장단에 춤추지 말고 내 판으로 끌어오라.

致人而不致於人.

致 이르게 하다, 데려오다, 끌어당기다 | 人 사람, 상대방 | 於 ~에게, ~에

적이 없는 곳으로 다니면
천 리를 가도 지치지 않는다.

行千里而不勞者,
행 천 리 이 불 로 자
行於無人之地也.
행 어 무 인 지 지 야

전략적 사고

무의미한 소모전이 없는 빈틈 혹은 새로운 시장을 찾는 것이
에너지를 보존하며 목표에 빨리 이르는 길이다.

行千里而不勞者，
行於無人之地也.

行 가다, 행군하다 | 千里 천 리(매우 먼 거리의 비유) | 勞 피곤하다, 수고로움

057

지키지 않는 곳을 공격하면
반드시 이긴다.

攻而必取者,
공 이 필 취 자

攻其所不守也.
공 기 소 불 수 야

전략적 사고

모두가 경쟁하는 레드오션이 아니라,
상대가 미처 중요성을 깨닫지 못한 영역에서 기회를 선점하라.

攻而必取者,
攻其所不守也.

必取 반드시 취하다 | 攻其 그, 그것의 | 不守 지키지 않음

058

공격할 수 없는 곳을 지키면
반드시 견고하다.

守而必固者,

守其所不攻也.

전략적 사고

누구도 흉내 낼 수 없는 나만의 독보적인 역량을 갖추는 것이
가장 완벽한 방어 전략이다.

守而必固者,
守其所不攻也.

固 굳다, 견고하다 | 其 그(자신의) | 所 ~하는 곳

059

적이 반드시 구하러 와야 하는 곳을
공격하라.

攻其所必救也.

공 기 소 필 구 야

전략적 사고

상대의 치명적인 약점이나 핵심 자산을 공략하면,
상대는 나의 계획대로 움직일 수밖에 없다.

攻其所必救也.

攻 공격하다, 치다 | 所 ~하는 바, ~하는 곳 | 救 구원하다, 구하러 가다

060

상대의 의도는 밖으로 드러나게 하고,
나의 의도는 드러나지 않게 하라.

形人而我無形.
형 인 이 아 무 형

전략적 사고

나의 전략은 비밀로 유지하여 예측을 불허하고,
상대의 패턴은 명확히 분석하여 대응력을 높이는 지혜다.

形人而我無形.

人 사람, 상대 ㅣ 我 나, 우리 ㅣ 無形 형태가 없음

061

나는 집중하고
적은 분산되게 하라.

我專而敵分.

전략적 사고

전체 전력이 약하더라도 특정 시점과 장소에서 집중력을 발휘하면
수적 우위를 점하고 승리할 수 있다.

我專而敵分.

我 나, 우리 ｜ 專 집중하다, 한 곳에 힘을 모으다 ｜ 分 나누다, 흩어지다

군대는 고정된 형세가 없고,
물은 고정된 형태가 없다.

兵無常勢，水無常形.
병 무 상 세　　수 무 상 형

전략적 사고

어제의 성공 방식에 집착하지 마라.
상황의 변화에 맞추어 변신하는 자만이 생존한다.

✎ 한자를 따라 써보세요!

兵無常勢，水無常形．

063

변화에 맞춰 승리하는 자를
신묘하다고 한다.

能因敵變化而取勝者,
능 인 적 변 화 이 취 승 자
謂之神.
위 지 신

전략적 사고

고정관념을 버리고 현장의 실시간 움직임에 따라
전술을 수정하는 것이 전략의 극치다.

✏ 한자를 따라 써보세요!

能因敵變化而取勝者，
謂之神．

變 변하다, 바뀌다 | 謂 말하다, 부르다 | 神 신묘, 초월적인

제7편

군쟁 軍爭

유리한 고지를 점령하라

064

돌아가는 길을 지름길로 삼고,
고난을 이익으로 바꾸어라.

以迂爲直，以患爲利.
이 우 위 직　이 환 위 리

전략적 사고

정면 돌파만 고집하지 마라. 때로는 우회로가 더 빠를 수 있으며,
위기 속에서 성장의 기회를 찾아야 한다.

以迂爲直，以患爲利.

迂 멀리 돌아가다, 우회 ｜ 直 곧다, 지름길 ｜ 患 고난, 근심

늦게 출발해도 먼저 도착하는 것이
우회의 기술이다.

後人發，先人至，
후 인 발　　선 인 지

知迂直之計．
지 우 직 지 계

전략적 사고

서두르기보다 정확한 방향을 잡는 것이 중요하다.
철저한 준비 후 실행하면 앞선 자를 추월할 수 있다.

後人發，先人至，
知迂直之計.

後 늦다, 뒤 ㅣ 發 출발하다, 시작하다 ㅣ 計 계책, 기술

066

**빠르기는 바람처럼,
천천히 움직이는 것은 숲처럼 하라.**

其疾如風，其徐如林.

기 질 여 풍 　 기 서 여 림

전략적 사고

기회가 오면 신속하게 몰아치고,
준비할 때는 아무 흔적 없이 치밀하고 천천히 움직여야 한다.

其疾如風，其徐如林.

疾 빠르다, 급하다 ∣ 徐 천천히, 고요하다 ∣ 林 숲

067

공격은 불처럼 맹렬하게,
지킴은 산처럼 무겁게 하라.

侵掠如火, 不動如山.

침 략 여 화   부 동 여 산

전략적 사고

승부처에서는 모든 에너지를 쏟아붓고,
자신의 원칙과 신념은 흔들림 없이 지켜내야 한다.

侵掠如火，不動如山．

侵掠 침략하다 | 不動 움직이지 않다 | 山 산

숨을 때는 어둠처럼 깊게,
움직일 때는 벼락처럼 기습하라.

難知如陰，動如雷霆.
난 지 여 음　　동 여 뇌 정

전략적 사고

자신의 패를 노출하지 않고 상대를 방심하게 한 뒤,
대응할 틈조차 주지 않는 강력한 일격을 가하라.

難知如陰，動如雷霆.

難 어렵다 ┃ 陰 어둠, 음침함 ┃ 雷霆 천둥, 벼락

069

상대의 날카로운 기세는 피하고
나태해졌을 때 공략하라.

避其銳氣, 擊其惰歸.
피 기 예 기　　격 기 타 귀

전략적 사고

상대의 에너지가 최고조일 때는 맞서지 마라.
나태해지고 흐트러진 틈을 노리는 것이 효율적이다.

避其銳氣，擊其惰歸.

避 피하다 | 銳氣 날카로운 기세 | 歸 돌아오다, 귀환

070

질서로 혼란을 상대하고
고요함으로 소란함을 기다려라.

以治待亂，以靜待譁.
이 치 대 란　이 정 대 화

전략적 사고

주변이 어지러울수록 리더는 평정심을 유지해야 한다.
내면의 질서가 외부의 소동을 잠재운다.

以治待亂，以靜待譁.

治 질서, 다스림 ┃ 靜 고요함 ┃ 譁 소란, 시끄러움

071

돌아가는 적을 막지 말고
궁지에 몰린 적을 압박하지 마라.

歸師勿遏, 窮寇勿迫.
귀 사 물 알　궁 구 물 박

전략적 사고

퇴로가 없는 적은 죽기 살기로 덤비기 마련이다.
불필요한 피해를 입지 않도록 여유를 주는 지혜다.

歸師勿遏，窮寇勿迫.

歸師 돌아가는 군대 | 勿 ~하지 마라 | 窮寇 궁지에 몰린 적

제8편

구변 九變

상황에 맞춰 변화하라

지혜로운 자는
이익과 손해를 동시에 고려한다.

智者之慮，必雜於利害.

지 자 지 려　　필 잡 어 리 해

전략적 사고

좋은 점만 보지 말고 최악을 대비하며,
나쁜 상황 속에서도 얻을 수 있는 가치를 찾는 입체적 사고를 하라.

智者之慮，必雜於利害．

慮 생각하다, 고려하다 ┃ 雜 섞다 ┃ 利害 이익과 손해

073

적이 안 올 것을 믿지 말고
나의 대비를 믿어라.

無恃其不來,
무 시 기 불 래

恃吾有以待之.
시 오 유 이 대 지

전략적 사고

요행이나 남의 실수에 기대를 걸지 마라.
오직 나 자신의 실력과 준비만이 확실한 성공의 담보다.

無恃其不來,
恃吾有以待之.

恃 의지하다, 믿다 ㅣ 吾 나 ㅣ 待 기다리다, 대비하다

죽기만을 각오하고 덤비면 죽게 되고
반드시 살려고만 고집하면 잡힌다.

必死可殺, 必生可虜.

필사가살　필생가로

전략적 사고

무모한 돌격은 조직 전체를 파산으로 몰아넣고, 안전한 길만 찾는
기업은 시장 흐름에 포로가 되어 서서히 도태된다.

必死可殺，必生可虜.

必 반드시, 기필코 ㅣ 殺 죽이다, 제거하다 ㅣ 虜 사로잡다, 포로로 삼다

성미가 급하면
조롱당하고 함정에 빠지기 쉽다.

忿速, 可侮也.

분 속 가 모 야

전략적 사고

리더의 성급함은 상대에게 가장 공격하기 좋은 약점이 된다.
인내심은 모든 전략의 기초다.

忿速，可侮也.

忿 분노, 성급함 | 速 빠르다 | 侮 업신여기다, 조롱하다

제9편

행군 行軍

본질을 꿰뚫어 보라

076

말을 공손히 하면서도 대비를
강화하는 것은 공격할 뜻이 있는 것이다.

辭卑而益備者 , 進也.
사 비 이 익 비 자 　 진 야

전략적 사고

겉으로 드러나는 낮은 자세 뒤에 숨겨진
실질적인 행동의 의도를 꿰뚫어 보는 통찰력이 필요하다.

辭卑而益備者，進也.

辭 말, 언사 ｜ 卑 낮추다, 겸손하다 ｜ 備 준비, 대비

말을 강하게 하면서 진격할 기세를 보이는 것은 후퇴할 뜻이 있는 것이다.

辭强而進驅者, 退也.

사 강 이 진 구 자 퇴 야

전략적 사고

상대의 허풍과 실제 실력을 구분하라.
큰소리치는 적은 오히려 겁을 먹고 있을 가능성이 크다.

辭强而進驅者，退也.

强 강하다, 세차다 ｜ 驅 몰다, 급히 달리다 ｜ 退 물러가다

병력이 많은 게 능사가 아니니
무모하게 전진하지 마라.

兵非貴益多, 惟無武進.

병 비 귀 익 다　유 무 무 진

전략적 사고

수적인 우위가 승리를 보장하지는 않는다.
정교한 전략과 구성원들의 기강이 승리를 위해 훨씬 더 중요하다.

兵非貴益多，惟無武進．

非貴 중요하지 않다 ┃ 惟 오직 ┃ 武進 무력으로 전진하다

명령은 법도로 하고,
통제는 힘으로 하라.

令之以文, 齊之以武.
영지이문　제지이무

전략적 사고

따뜻한 인간적 유대와 서슬 퍼런 원칙이 조화를 이룰 때
비로소 조직은 강력한 힘을 발휘한다.

令之以文, 齊之以武.

文 부드러움, 문화, 소통 ㅣ 齊 정렬시키다, 통일시키다 ㅣ 武 힘, 위엄, 원칙

제10편

지형 地形

환경을 장악하라

080

진격함에 개인의 명예를 구하지 말고,
후퇴함에 죄를 회피하지 마라.

進不求名 , 退不避罪 .

진 불 구 명　　　퇴 불 피 죄

전략적 사고

사리사욕을 버리고 오직 조직의 안위와 대의만을 생각하는
리더의 숭고한 책임 의식을 말한다.

進不求名，退不避罪．

求名 명예를 구하다 | 退 물러가다, 후퇴하다 | 避罪 죄를 피하다(책임 회피)

병사를 아이처럼 아껴라.

視卒如嬰兒.
시 졸 여 영 아

전략적 사고

구성원을 진심으로 아끼고 돌볼 때,
그들은 리더를 믿고 험난한 고난의 길도 기꺼이 함께 걷게 된다.

視卒如嬰兒.

視 보다, 여기다('~처럼 보다') ｜ 卒 병사, 부하 ｜ 嬰兒 아기, 어린아이

병사를 자식처럼 사랑하면
함께 죽음도 불사한다.

視卒如愛子,
시 졸 여 애 자

故可與之俱死.
고 가 여 지 구 사

전략적 사고

사랑과 신뢰로 맺어진 팀은 극한의 위기 상황에서도
결코 무너지지 않는 최강의 응집력을 보여준다.

視卒如愛子,
故可與之俱死.

愛子 사랑하는 자식 ǀ 故 그러므로 ǀ 俱死 함께 죽다

083

대우만 좋고 일을 시키지 못하며,
사랑만 하고 명령하지 못하면 안 된다.

厚而不能使, 愛而不能令.

후 이 불 능 사　애 이 불 능 령

전략적 사고

기강 없는 온정주의는 조직을 나태하게 만든다.
배려 뒤에는 항상 명확한 통제력이 있어야 한다.

厚而不能使，愛而不能令.

厚 후하다, 두텁다(대우가 좋음) | 能 능히, 할 수 있다 | 使 부리다, 시키다

084

때와 장소를 알면
승리는 온전해진다.

知天知地，勝乃可全.

지 천 지 지　　승 내 가 전

전략적 사고

실력뿐만 아니라 외부 환경의 변화와 기회의 타이밍을
정확히 포착할 때 완벽한 성공을 이룬다.

知天知地, 勝乃可全.

天 하늘, 때(시기) ㅣ 地 땅, 장소(지형) ㅣ 乃 이에, 곧, 그러면

제11편

구지 九地

처세의 지혜를 발휘하라

전쟁의 본질은
신속함에 있다.

兵之情主速.
병 지 정 주 속

전략적 사고

망설임은 기회를 죽인다. 충분히 숙고했다면 실행 단계에서는
벼락같은 속도로 결과를 만들어내라.

兵之情主速.

情 본성, 본질 ǀ 主 주로, 본래 ǀ 速 빠르다, 신속함

적의 빈틈을 타고
생각지 못한 길로 가라.

乘人之不及, 由不虞之道.
승 인 지 불 급 　 유 불 우 지 도

전략적 사고

상식적인 루트는 이미 경계가 삼엄하다.
모두가 불가능하다고 생각하는 길이 진짜 기회의 통로다.

乘人之不及, 由不虞之道.

乘 타다, 이용하다(기회를 잡다) ┃ 不及 미치지 못하다 ┃ 虞 예상하다, 걱정하다

087

죽을 땅에 빠뜨린 후에야
비로소 살아난다.

陷之死地然後生.
함 지 사 지 연 후 생

전략적 사고

도망갈 구멍을 스스로 없애는 결단(배수진)이
인간의 잠재력을 깨워 기적 같은 승리를 만들어낸다.

陷之死地然後生.

陷 빠뜨리다, 몰아넣다 ┃ 死 죽을 자리, 퇴로가 없는 지형 ┃ 然後 그런 뒤에

계획을 유지하며 적의 상황에 따라
유연하게 승패를 결정하라.

踐墨隨敵，以決戰事.
천 묵 수 적　　　이 결 전 사

전략적 사고

철저한 기본 계획(원칙)은 갖추되, 현장의 실시간 변화에 맞추어
전술을 수정하는 유연함이 필요하다.

践墨隨敵，以決戰事．

践墨 먹줄(계획)을 밟다 | 隨敵 적을 따르다 | 決 결정하다

화공 火攻

감정을 다스려라

이익이 없으면 움직이지 말고 위태롭지 않으면 싸우지 마라.

非利不動，非得不用，
비 리 부 동　　비 득 불 용
非危不戰.
비 위 부 전

전략적 사고

모든 소모전은 자원을 갉아먹는다.
확실한 성과와 불가피한 상황이 아니면 굳이 싸움을 만들지 마라.

非利不動, 非得不用,
非危不戰.

非 ~이 아니면 ǀ 危 위태로움 ǀ 不戰 싸우지 않는다

090

군주는 분노 때문에
군대를 일으켜서는 안 된다.

主不可以怒而興師.

주 불 가 이 노 이 흥 사

전략적 사고

리더의 감정적인 화풀이가 조직 전체를
파멸로 이끌 수 있음을 명심하고 이성을 유지하라.

主不可以怒而興師.

主 군주, 리더 | 怒 분노 | 興師 군대를 일으키다

장수는 분노 때문에
싸움을 벌여선 안 된다.

將不可以慍而致戰.

장 불 가 이 온 이 치 전

전략적 사고

실무 책임자가 조급함이나 분한 마음으로 경쟁에 뛰어드는 것은
필패의 지름길이다.

將不可以慍而致戰.

將 장수 | 慍 분함, 답답함 | 致 이끌다, 일으키다

092

이익에 맞으면 움직이고
이익에 맞지 않으면 멈춰라.

合於利而動,
합 어 리 이 동

不合於利而止.
불 합 어 리 이 지

전략적 사고

감정이나 체면에 휘둘리지 마라. 실질적인 가치 창출과 목적에 따라
냉철하게 판단하고 행동해야 한다.

合於利而動,
不合於利而止.

合 맞다, 부합하다 | 動 움직이다, 행동하다 | 止 멈추다, 그치다

093

노여움은 기쁨으로 바뀔 수 있고
분함은 즐거움으로 돌아올 수 있다.

怒可以復喜，慍可以復悅.
노 가 이 부 희　　온 가 이 부 열

전략적 사고

감정은 일시적인 현상이다. 금방 사라질 기분 때문에
돌이킬 수 없는 영구적인 피해를 입지 마라.

怒可以復喜，慍可以復悅.

怒 노여움 | 可 ~할 수 있다 | 悅 즐거움

멸망한 나라는 다시 세울 수 없고
죽은 자는 다시 살릴 수 없다.

亡國不可以復存,
망 국 불 가 이 부 존

死者不可以復生.
사 자 불 가 이 부 생

전략적 사고

비즈니스와 삶에서 회복 불가능한 치명적 리스크를 관리하는 것이
얼마나 중요한지 강조한다.

亡國不可以復存,
死者不可以復生.

亡國 나라가 망하다 | 不可以 ~할 수 없다 | 復生 다시 살아나다

용간 用間

정보를 장악하라

남들보다 뛰어나게 성취하는 비결은
정보를 먼저 알기 때문이다.

成功出於衆者，先知也.

성 공 출 어 중 자　　선 지 야

전략적 사고

승패는 우연이 아닌 정보력에서 갈린다.
미래를 먼저 읽는 자가 세상의 모든 기회를 독점한다.

成功出於衆者，先知也.

成功 이루다, 성공하다 | 出於衆 많은 사람들 중에서 두드러지다 | 先知 미리 알다

정보를 먼저 아는 힘은
귀신이나 미신에서 얻는 것이 아니다.

先知者，不可取於鬼神.

선 지 자　　불 가 취 어 귀 신

전략적 사고

직감이나 운에 기대지 마라. 철저한 데이터와 팩트에 기반한
과학적 분석만이 승리의 기초다.

先知者，不可取於鬼神.

先知者 먼저 아는 자 | 取 얻다 | 鬼神 귀신, 신묘한 힘

적의 사정을 모르고 싸우는 건 정말로 현명하지 못한 일이다.

不知敵之情者 ,

부 지 적 지 정 자

不仁之至也 .

불 인 지 지 야

전략적 사고

무지한 상태로 팀원들을 전쟁터에 보내는 것은
리더로서 가장 무책임한 일임을 잊지 마라.

不知敵之情者，
不仁之至也。

情 사정, 실태 ǀ 仁 어짊 ǀ 至 극치

098

반드시 사람을 통해 얻어야만
정확한 현장의 정보를 알 수 있다.

必取於人，知敵之情者也.

필 취 어 인　　지 적 지 정 자 야

전략적 사고

진짜 살아 있는 정보는 현장에 있다.
사람과의 소중한 네트워크가 최고의 정보망이다.

必取於人, 知敵之情者也.

必取 반드시 취하다 ι 於人 사람에게서 ι 情 실정, 정보

미묘하고 미묘하도다!
정보를 쓰지 않는 곳이 없다.

微哉！微哉！
미 재　　미 재

無所不用間也.
무 소 불 용 간 야

전략적 사고

세상 모든 일은 보이지 않는 정보의 싸움이다.
아주 작은 단서도 놓치지 않는 세심함이 거대한 차이를 만든다.

微哉! 微哉!
無所不用間也.

微 미묘하다 ｜ 哉 ~로다(감탄) ｜ 間 간첩, 정보원

100

**최고의 지략으로 정보를 활용하는 자는
반드시 큰 공을 이룬다.**

能以上智爲間者,

능 이 상 지 위 간 자

必成大功.

필 성 대 공

전략적 사고

《손자병법》의 결론이다. 승리는 무력이 아닌 지혜에서 오며,
그 지혜를 실천에 옮길 때 비로소 위대한 성공이 완성된다.

能以上智爲間者,
必成大功.

上智 최고의 지혜 | 爲間 정보 활동을 하다 | 大功 큰 공

쓰면서 이기는 전략 필사_손자병법 100

초판 1쇄 인쇄 2026년 03월 06일
초판 1쇄 발행 2026년 03월 23일

지은이 손무
감 수 진성수

펴낸이 심정섭
편집장 정효진
디자인 권수정
마케팅 김호현 신재철
제 작 정수호

펴낸곳 (주)서울문화사
등록일 1988년 12월 16일 ｜ **등록번호** 제2-484호
주 소 서울특별시 용산구 한강대로 43길 5
문 의 02-791-0795(편집) / 02-791-0708(구입)
메 일 book@seoulmedia.co.kr

ISBN 979-11-7371-909-7 (03800)